Перверзната Сестри

Перверзната Сестри

Aldivan Torres

aldivan teixeira torres

CONTENTS

1. Перверзната Сестри ... 1

1

Перверзната Сестри

Aldivan Torres
Перверзната   Сестри

Автор: *Aldivan Torres*
2020- Aldivan Torres
Сите права се задржани.

Оваа книга, вклучувајќи ги и сите нејзини делови, е авторски права и не може да се репродуцира без дозвола на авторот, препродавани или префрлен.

Алдиван Торес, гатачка, е литературен уметник. Ветува со своите дела да ја восхити јавноста и да го доведе до задоволство. Сексот е една од најдобрите работи што ги има.

Посветеност и благодарам.

Ја посветувам оваа еротска серија на сите љубители на сексот и превозниците како мене. Се надевам дека ќе ги исполнам очекувањата на сите луди умови. Ја започнувам оваа работа со убедувањето дека Амелина, Белиња и нивните пријатели ќе ја направат историјата. Без понатамошно обожавање, топла прегратка за моите читатели.

Потполно читање и многу забава.

Со приврзаност,
авторот.

Презентација

Амелина и Белиња се две сестри родени и израснати во внатрешноста на Пернамбуко. Ќерките на татковците од земјоделството рано знаеја како да се соочат со жестоките тешкотии на селскиот живот со насмевка на лицето. Со ова, тие достигнуваа свои лични освојувања. Првиот е ревизор за јавни финансии, а другиот, помалку интелигентен, е општински наставник по основно образование во Арковерде.

Иако се среќни професионално, двајцата имаат сериозен хроничен проблем во врска со врските бидејќи никогаш не го сметале својот принц за шармантен, што е сон на секоја жена. Најстарата Белина дојде да живее со еден човек некое време. Меѓутоа, тоа било предадено она што го создало во неговото мало срце непоправливи трауми. Таа беше принудена да се раздели и си вети дека никогаш повеќе нема да страда поради маж. Амелина, несреќна работа, не може ни да се свршиме. Кој сака да се ожени со Амелина? Таа е безобразна кафеава коса, слаба, средна висина, очи во боја на мед, среден задник, гради како лубеница, гради дефинирани надвор од заплeнувајќи насмевка. Никој не знае каков е нејзиниот вистински проблем, или и двајцата.

Во однос на нивната меѓусебна врска, тие се блиску до споделување тајни помеѓу нив. Бидејќи Белина била предадена од негодник, Амелина ги зел болките на сестра си и се наместила да си игра со мажи. Двајцата станале динамично дуо познато како "Перверзни сестри". И покрај тоа, мажите сакаат да бидат нивни играчки. Ова е затоа што нема ништо подобро од сакањето на Белиња и Амелина дури и за момент. Ќе ги запознаеме ли нивните приказни заедно?

Перверзната Сестри

Перверзната Сестри

Посветеност и благодарам.

Презентација

Црнецот.

Огнот

Медицинска консултација

Приватна лекција

Натпреварувачки тест

Враќањето на учителот.

Матичниот кловн

Турнеја во градот Песквеира

Црнецот.

Амелина и Белиња, како и големи професионалци и љубовници, се убави и богати жени интегрирани во социјалните мрежи. Покрај самиот пол, тие, исто така, се обидуваат да создадат пријатели.

Еднаш, еден човек влезе во виртуелниот разговор. Неговиот прекар бил "Црн човек". Во овој момент, таа наскоро се тресеше бидејќи сакаше црнци. Легендата вели дека тие имаат неприкосновено шарм.

"Здраво, убаво! "Ти го нарече благословениот црнец.

"Здраво, добро? "Одговори на интригантна Белина.

"Се е супер. Убава ноќ!

"Добра ноќ. Сакам црнци!

"Ова ме допре длабоко сега! Но има ли посебна причина за ова? Како се викаш?

"Па, причината е што сестра ми и јас сакам мажи, ако ме разбираш. Што се однесува до името, иако ова е многу приватна средина, немам што да кријам. Се викам Белина. Драго ми е што те запознав.

"Задоволството е мое. Моето име е Флавиј, а јас сум вистински фин!

"Чувствував цврстина во неговите зборови. Мислиш дека мојата интуиција е во право?

"Не можам да одговорам на тоа сега бидејќи тоа ќе ја стави крај на целата мистерија. Како се вика сестра ти?

"Нејзиното име е Амелина.

"Амелина! Прекрасно име! Можеш ли да се опишеш физички?

"Јас сум плавата, висока, силна, долга коса, голем задник, средни гради и имам скулптурно тело. И ти?

"Црна боја, еден метар и осумдесет сантиметри висока, силна, забележана, со дебели раце и нозе, уредна, пеена коса и дефинирани лица.

"Ти ме вклучи!

"Не се грижи за тоа. Кој ме познава, никогаш Заборава?

"Сакаш да ме полуде сега?

"Извини за тоа, душо! Тоа е само да се додаде малку шарм на нашиот разговор.

"Колку години имаш?

"25 години и твоја?

"Јас сум Триесет и осум години и сестра ми 34. И покрај старосната разлика, ние сме извонредно блиски. Во детството се обединиме за да ги надминеме тешкотиите. Кога бевме тинејџери, ги делевме нашите соништа. А сега, во полнолетство, ние ги делиме нашите достигнувања и фрустрации. Не можам да живеам без неа.

"Супер! Твоето чувство е Неверојатно убава. Добивам нагон да ве запознам и двајцата. Дали е непослушна како тебе?

"Во Ефикасен начин, таа е најдобра во она што го прави. Многу паметна, убава и љубезна. Мојата предност е дека сум попаметен.

"Но не гледам проблем во ова. Ми се допаѓаат двете.

"Навистина ли ти се допаѓа? Знаеш, Амелина е специјална жена. Не затоа што Таа ми е сестра, но бидејќи има огромно срце. Малку ми е жал за неа бидејќи никогаш не добила младоженец. Знам дека нејзиниот сон е да се венча. Ми се придружи во востанието бидејќи бев предаден од мојот придружник. Од тогаш бараме само брзи врски.

″Потполно разбирам. Јас сум и перверзни. Сепак, немам посебна причина. Само сакам да уживам во мојата младост. Изгледаш како одлични луѓе.

″Многу ти благодарам. Дали си навистина од Арковерде?

″Да, јас сум од центарот. И ти?

″Од оваа Свети Кристофер.

″Супер. Дали живееш сам?

″Да. Во близина на автобуската станица.

″Може ли да добиеш посета од маж денес?

″Би сакале. Но ти Мора да управува со двете. Добро?

″Не грижи се, љубов. Јас можам Управувај до три.

″Ах да! Вистина!

″Веднаш доаѓам. Можеш ли да ја објасниш локацијата?

″Да. Ќе ми биде задоволство.

″Знам каде е.. Доаѓам горе!

Црнецот ја напуштил собата, а Белина исто така. Таа ја искористи и се пресели во кујната каде што ја запозна сестра и. Амелина ги миеше валканите јадења за вечера.

″Добра ноќ на тебе, Амелина. Нема да веруваш. Претпоставувам. Кој доаѓа.

″Немам поим, сестро. Кој?

″На Флавиј. Го запознав во собата за виртуелен разговор. Тој ќе биде нашата забава денес.

″Како изгледа?

″Тоа е Црнецот. Дали некогаш си застанал и си

помислил дека можеби е убаво? Кутриот човек. Не знае на што сме способни!

"Тоа е. Навистина е сестра! Да го завршиме.

"Ќе падне, со мене! "Рече Белина.

"Не! Ќе биде со Ми одговори Амелина.

"Едно нешто е сигурно: Со еден од нас тој ќе Паѓање" Белина заклучи.

"Вистина е! Што ќе кажеш да подготвиме се во спалната соба?

"Добра идеја. Ќе ти помогнам!

Двете ненаситни кукли отидоа во собата оставајќи се организирано за доаѓањето на мажјакот. Штом завршат, ќе го слушнат ѕвончето.

"Дали е тој, сестро? "Ја праша Амелина.

"Да провериме заедно! (Белина)

"Ајде! Амелина се согласи.

Чекор по чекор, двете жени ја поминаа вратата на спалната соба, ја поминаа трпезаријата Соба, а потоа пристигна во дневната соба. Одеа до вратата. Кога ќе ја отворат, се среќаваат со шармантната и машка насмевка на Флавиј.

"Добра ноќ! Во ред? Јас сум Флавиј.

"Добра ноќ. Најмногу сте добредојдени. Јас сум Белина која зборуваше со тебе на компјутерот, а оваа слатка девојка до мене е сестра ми.

"Драго ми е што те запознав Флавиј! "Амелина рече.

"Драго ми е што те запознав. Може да влезам?

"Секако! "Двете жени одговорија истовремено.

Стапчињата имале пристап до собата со набљудување на

секој детел од декорот. Што се случуваше во тој вриена ум? Посебно бил допрен од секој од оние женски примероци. После тоа. Момент, гледаше длабоко во очите на двете курви велејќи:

"Спремен си за она што дојдов да го направам?

"Спремен "Ги потврди љубителите!

Триото запрело силно и шетало до поголемата соба на куќата. Со затворањето на вратата, тие биле сигурни дека рајот ќе оди во пеколот за неколку секунди. Се беше совршено: Аранжманот на пешкири , секс играчките, порно филмот кој свири на тајванската телевизија и романтичната музика жива. Ништо не може да го одземе задоволството од одлична вечер.

Првиот чекор е да седнеш покрај креветот. Црнецот почна да се облекува на двете жени. Нивната похота и жед за секс беа толку големи што предизвикаа малку вознемиреност кај тие слатки дами. Си ја соблекува кошулата, покажувајќи дека траскот и стомакот добро се справуваат со секојдневниот тренинг во теретаната. Твоите просечни влакна низ целиот регион ги извадија воздишките од девојките. Потоа, тој ги соблече панталоните дозволувајќи му го погледот на неговата кутија долна облека како резултат на тоа покажувајќи ја неговата волумен и машкост. Во тоа време, тој им дозволил да го допрат органот, правејќи го поефектен. Без тајни, тој ја фрли својата долна облека покажувајќи се што бог му дал.

Бил долг 22 сантиметри, доволно дијаметар четиринаесет сантиметри за да ги полуди. Без да го трошат времето, паднаа врз него. Почнаа со предиграта. Додека едниот го голтнал нејзиниот кур во устата, другиот ги лижеше вреќите од скротум. Во оваа операција, поминаа три минути. Доволно долго за да бидам целосно подготвен за секс.

Потоа почнал да пенетрира во едното, а потоа во другиот без претпочитање. Честото темпо на шатлот предизвикало зрачења, врисоци и повеќе оргазми по чинот. Поминаа 30 минути вагинален секс. Секоја половина од времето. Потоа завршиле со орален и анален секс.

Огнот

Беше студена, мрачна и дождлива ноќ во главниот град на сите задни шуми на Пернамбуко. Имало моменти кога предните ветрови достигнале сто километри на час и ги исплашиле сиромашните сестри Амелина и Белиња. Двете перверзни сестри се сретнале во дневната соба на нивната едноставна резиденција во населбата Свети Кристофер. Немајќи што да прават, тие зборуваа среќно за општи работи.

"Амелина, како помина денот во фармата?

"Истото старо нешто: Јас го организирав даночното планирање на даночната и царинската администрација, постигнав со плаќањето даноци, работев во спречување и борба против даночното затајување. Бара работа и досадно. Но, наградува и добро платени. И ти? Како помина рутината во училиштето?" Ја праша Амелина.

"На час, ја поминав содржината водејќи ги учениците на

најдобар можен начин. Ги поправив грешките и земав два мобилни телефони на ученици кои го вознемирува часот. Исто така дадов часови по однесување, поза, динамика, и корисни совети. Како и да е, освен што сум учител, јас сум нивната мајка. Доказ за ова е дека, во меѓувреме, се инфилтрира во класата на ученици и заедно со нив игравме хорско, хула обрач, удиравме и бегавме. Според мене, училиштето е нашиот втор дом, и мораме да се грижиме за пријателствата и човечките врски кои ги имаме од него" одговори Белина.

"Брилијантно, мојата помала сестра. Нашите дела се одлични бидејќи тие обезбедуваат важни емоционални и интеракциските градби помеѓу луѓето. Ниеден човек не може да живее во изолација, а камоли без психолошки и финансиски ресурси" ја анализираше Амелина.

"Се согласувам. Работата е од суштинско значење за нас бидејќи не прави независни од преовладува ката сексистички империја во нашата Општеството "рече Белина.

"Точно. Ќе продолжиме во нашите вредности и ставови. Човекот е добар само во креветот." Амелина забележа.

"Кога сме кај луѓето, што мислеше за Кристијан? "Белина праша.

"Тој ги исполнува моите очекувања. После такво искуство, моите инстинкти и мојот ум секогаш бараат повеќе генерирање на внатрешно незадоволство. Што е твоето мислење? "Ја праша Амелина.

"Беше добро, но исто така се чувствувам како тебе:

нецелосно. Сува сум од љубов и секс. Сакам се повеќе. Што имаме за денес? "Рече Белина.

"Немам идеи. Ноќта е ладна. Темно и темно. Ја слушаш ли вревата надвор? Има многу дожд, интензивен ветер, молњи и грмотевици. Исплашен сум! "Рече Амелина.

"И јас исто така! "Белина призна.

Во овој момент се слуша грмотевица низ Арковерде. Амелина скока во скутот на Белиња кој вреска од болка и очај. Истовремено, недостасува електрична енергија, што ги прави очајни и двајцата.

"Што сега? Што ќе правиме со Белина? "Ја праша Амелина.

"Тргни се од мене Злобна жена! Ќе ги земам свеќите! "Рече Белина.Белина нежно ја турнала сестра си на страната на каучот додека ги допирале ѕидовите за да стигне до кујната. Како што куќата е Мала, не треба долго да ја завршиме оваа операција. Користејќи такт, тој ги зема свеќите во шкафот и ги запалува со натпреварите стратешки поставени на врвот на печката.

Со осветлувањето на свеќата, таа смирено се враќа во собата каде што ја среќава сестра си со мистериозна насмевка широко отворена на лицето. Што намислиле?

"Можеш да се истуриш, сестро! Знам дека размислуваш. Нешто" рече Белина.

"Што ако го повикаме градскиот противпожарен оддел предупредувајќи за пожар? Рече Амелина.

"Да го разјаснам ова. Сакаш да измислиш измислен оган за да ги намами овие луѓе? Што ако не уапсат? "Белина се плашеше.

"Мој колега! Сигурен сум дека ќе им се допадне изненадувањето. Што подобро треба да прават во темна и таква ноќ?" Рече Амелина.

"Во право си. Ќе ти се заблагодарат за забавата. Ќе го скршиме огонот кој не троши одвнатре. Сега, доаѓа прашањето: Кој ќе има храброст да ги повика?" Ја прашав Белина.

"Многу сум срамежлив. Ја оставам оваа задача на тебе, сестра ми." Рече Амелина.

"Секогаш јас. Добро. Што и да се случи Амелина." Белина заврши.

Стануван̆и од каучот, Белина оди на масата во аголот каде што е инсталиран мобилниот. Таа го повикува бројот за итни случаи на противпожарната служба и чека да биде одговорен. По неколку допири, тој слуша длабок цврст глас кој зборува од другата страна.

"Добра ноќ. Ова е противпожарната служба. Што сакаш?

"Се викам Белина. Јас живеам во Свети Кристофер во арковерде. Сестра ми и јас сме очајни со овој дожд. Кога струјата излегла овде во нашата куќа, предизвикала краток спој, почнувајн̆и да ги запалува предметите. За среќа, сестра ми и јас излеговме. Пожарот полека ја консумира куќата. Ни треба помош од пожарникарите" рече дека ја потресе девојката.

"Полека, пријателе. Наскоро ќе бидеме таму. Можеш ли да дадеш детални информации за твојата локација?" То праша пожарникарот на должност.

"Мојата куќа е точно на Централа Авенијата, третата куќа десно. Дали е во ред со тоа? Ти?

"Знам каде е. Ќе бидеме таму за неколку минути. Биди смирен",Рече пожарникарот.

"Чекаме. Благодарам! "Ти благодарам Белина.

Враќајќи се на каучот со широка насмевка, двајцата ги пуштија перниците и шмрка со забавата што ја правеа. Сепак, ова не се препорачува да се направи, освен ако тие не беа две Курви како нив.

Околу 10 минути подоцна, слушнале тропање на вратата и отишле да одговорат. Кога ја отвориле вратата, се соочиле со три магични лица, секој со својата карактеристична убавина. Еден бил црн, висок 1,80 м, нозе и среден раце. Друг беше мрачен, еден метар и 90 висок, Мускулест, и скулптурен. Третиот беше бел, краток, тенок, но многу љубезен. белиот човек сака да се претстави:

"Здраво, дами, добра ноќ! Се викам Роберто. Соседниот човек се вика Метју и кафеавиот човек, Филип. Кои се вашите имиња и каде е пожарот?

"Јас сум Белина, разговарав со тебе на телефон. Ова е такво нешто Кафеавиот човек овде е сестра ми Амелина. Влези и ќе ти објаснам.

"Добро. Ги зедоа и тројцата пожарникари истовремено.

Квинтетот влезе во Куќата, и се изгледаше нормално бидејќи струјата се врати. Се населуваат на софата во дневната соба заедно со девојките. Сомнителни, разговараат.

"Огнот заврши, нели? Метју праша.

"Да. Веќе го контролираме благодарение на херојски напор" објасни Амелина.

"Сожалување! Сакав да работам. Таму во касарната рутината е толку монотона, рече Фелипе.

"Имам идеја. Што ќе кажеш да работиш на попријатен начин? "Белина предложи.

"Мислиш дека ти си она што јас мислам? "Го испрашува Фелипе.

"Да. Ние сме самохрани жени кои сакаат задоволство. Расположен за забава? "Ја прашав Белина.

"Само ако одиш сега." му одговори на црнецот.

"И јас сум внатре." го потврди Кафеавиот човек.

"Чекај мебелот е достапен.

"Значи, Ајде", рекоа девојките.

Квинтетот влегол во собата делејќи двокреветен кревет. Потоа започна секс оргија та. Белиња и Амелина се радувале да присуствуваат на задоволството на тројцата пожарникари. Се изгледаше магично и немаше подобро чувство од тоа да бидеш со нив. Со разновидни подароци, тие доживеале сексуални и позициони варијации создавајќи совршена слика.

Девојките изгледаа незаситени во нивниот сексуален жар, она што ги разлути оние професионалци. Поминаа низ ноќта кога имаа секс и задоволството изгледаше дека никогаш нема да заврши. Тие се Не заминаа додека не добијат итен повик од работа. Тие се откажаа и отидоа да одговорат на полицискиот извештај. Дури и така, тие никогаш не би го заборавиле тоа прекрасно искуство заедно со "Перверзната сестри".

Медицинска консултација

Се зори на прекрасниот главен град. Обично, двете перверзни сестри рано се будеа. Сепак, кога станаа, не се чувствуваа добро. Додека Амелина постојано кива, нејзината сестра Белина се чувствувала малку задушена. Овие факти. Дојдоа од претходната ноќ на воениот плоштад во Вирџинија, каде што пие, се бакнуваа по устата, и шмрка хармонично во ведрата ноќ.

Бидејќи не се чувствувале добро и без сила за ништо, тие седеле на каучот религиозно мислејќи што да прават бидејќи професионалните обврски чекале да бидат решени.

"Што да правиме, сестро? Целосно немам здив и сум исцрпен." Рече Белина.

"Кажи ми за тоа! Имам главоболка и почнувам да добивам вирус. Се изгубивме! "Рече Амелина.

"Но, јас сум Немој да мислиш дека тоа е причина да ја препуштиш работата! Луѓето зависат од нас! "Рече Белина

"Смири се Да не паничите! Што ќе кажеш да се придружиме на убавото? "Ја предложи Амелина.

"Не ми кажувај дека размислуваш што мислам... "Белина беше зачудена.

"Така е. Пушти не заедно на доктор! Тоа ќе биде одлична причина да ја пропуштиме работата и кој знае дека не се случува тоа што го сакаме! "Рече Амелина

"Одлична идеја! Па, што чекаме? Да се подготвиме! "Ја прашав Белина.

"Ајде! "Амелина се согласи.

Двајцата отидоа во нивните загради. Тие беа толку

возбудени поради одлуката; Тие се Не изгледаше ни болно. Дали сето тоа беше нивниот изум? Простете, читатели, да не размислуваме лошо за нашите драги пријатели. Наместо тоа, ние ќе ги придружуваме во ова возбудливо ново поглавје од нивните животи.

Во спалната соба се бањале во своите апартмани, облекувале нови алишта и чевли, ја чешлале својата долга коса, ставиле француски Парфем, а потоа отиде во кујната. Таму, тие кршеа јајца и сирење полнејќи два лебови леб и јадеа со оладени сок. Се беше неверојатно вкусно. Дури и така, изгледа не го чувствувале бидејќи вознемиреноста и нервозата пред назначувањето на докторот биле гигантски.

Со се што е подготвено, ја напуштиле кујната за да излезат од куќата. Со секој чекор што го презедоа, нивните мали срца се гужва со емоции кои размислуваа во сосема ново искуство. Благословени се сите! Оптимизмот ги презеде и беше нешто што треба да го следат другите!

Од надвор од куќата одат во гаражата. Отворајќи ја вратата во два обиди, тие стојат пред скромниот црвен автомобил. И покрај нивниот добар вкус во автомобилите, тие ги претпочитаа популарните во класиците од страв од заедничкото насилство присутно во Сите бразилски региони.

Без одложување, девојките влегуваат во автомобилот давајќи го излезот нежно и потоа една од нив ја затвора гаражата враќајќи се во автомобилот веднаш потоа. Кој вози е Амелина со искуство веќе десет години? Белина сè уште не смее да вози.

На Забележливо кратка рута помеѓу нивниот дом и

болницата се врши со безбедност, хармонија и спокојство. Во тој момент, тие имаа лажно чувство дека можат да направат било што. Контрадикторни, тие се плашеа од неговата лукавост и слобода. Тие самите беа изненадени од преземени дејства. За ништо помалку не се викаа курви добри копилиња!

Пристигнувајќи во болницата, тие го закажале состанокот и чекале да бидат повикани. Во овој временски интервал, тие ја искористија ужината и разменуваа пораки преку мобилната апликација со нивните драги сексуални слуги. Поцинично и весело од овие, невозможно беше да се биде!

После некое време, Ред е да се видат. Нераздело, тие влегуваат во канцеларијата за нега. Кога ова ќе се случи, докторот за малку ќе добие срцев удар. Пред нив имаше ретко парче маж: Висока русокоса личност, еден метар и 90 сантиметри висока, брада, коса формирајќи канска опашка, мускулести раце и гради, природни лица со ангелски изглед. Дури и пред да можат да нацртаат реакција, тој поканува:

"Седнете и двајцата!

"Благодарам! "Тие рекоа и двајцата.

Двајцата имаат време да направат брза анализа на околината: Пред сервисната маса, докторот, столот во кој тој седеше и зад плакар. Од десната страна, кревет. На ѕидот, експресионистичкото слики на авторот Чандидо Портинари го прикажуваат човекот од околината. Атмосферата е многу пријатна, оставајќи ги девојките убаво. Атмосферата на релаксација е скршена од формалниот аспект на консултацијата.

"Кажете ми што чувствувате, девојки!

Тоа им звучеше неформално на девојките. Колку сладок беше тој русокоса! Сигурно било вкусно за јадење.

"Главоболка, простота и вирус! "Му кажав на Амелина.

"Јас сум без здив и уморна! "Ја тврдеа Белина.

"Во ред е! Да погледнам! Легни на креветот! "Докторот праша.

На Курвите едвај дишеа по ова барање. Професионалецот ги натерал да соблекуваат дел од облеката и ги почувствувал во различни делови кои предизвикувале ладење и ладно потење. Сфаќајќи дека нема ништо сериозно со нив, прислушувачот се пошегува:

"Се изгледа совршено! Од што сакаш да се плашат? Инјекција во газот?

"Ми се допаѓа! Ако е голема и дебела инјекција уште подобро! "Рече Белина.

"Ќе аплицираш ли полека, љубов? "Рече Амелина.

"Веќе бараш премногу! "То забележав клиничарите.

Внимателно ја затвора вратата, паѓа на девојките како диво животно. Прво, го зема остатокот од облеката од телата. Ова уште повеќе му го остарува либидото. Со тоа што е целосно гол, тој за момент им се восхитува на скулптурите суштества. Тогаш. Негов ред е да се покаже. Се грижи да се соблечат. Ова ја зголемува меѓусебната игра и интимноста помеѓу групата.

Со се што е подготвено, тие започнуваат со прелиминарните делови на сексот. Користењето на јазикот во чувствителни делови како анусот, задникот и увото русокосата предизвикува мини оргазми за задоволство кај двете жени. Се одеше во ред дури и кога некој постојано чукаше на вратата. Нема излез, мора да одговори. Шета малку и ја отвора вратата. Притоа, тој се наоѓа на дежурната медицинска сестра: витка бирарија, со тенки нозе и исклучително ниски.

"Докторе, имам прашање за лековите на пациентот: дали се 5 или 300 милиграми аспирин? "То праша роберто да покаже рецепт.

"500! "Го потврди Алекс.

Во овој момент, медицинската сестра ги виде нозете на голите девојки кои се обидуваа да се скријат. Се смеев внатре.

"Се шегуваш малку, а, Докторе? Не се јавувај ни на твоите пријатели!

"Извинете! Сакаш да се придружиш на бандата?

"Би сакал!

"Тогаш дојди!

Двајцата влегоа во собата затворајќи ја вратата зад нив. Повеќе од брзо. Дијагностичкиот човек се соблече. Гол, тој ја покажа својата долга, дебела, пенисот јарболот како трофеј. Белина била воодушевен и наскоро му дала орален секс. Алекс, исто така, побарал Амелина да го направи истото со него. По оралното, почнале да се јавува. Во овој дел, На Белина му било многу тешко да се држи за чудовишното кур на сестрата. Но кога влезе во дупката, нивното задоволство беше огромно. Од друга страна, тие не чувствувале никаква тешкотија бидејќи нивниот пенис бил нормален.

Потоа имале вагинален секс на различни позиции. Движењето на напред и назад во шуплината предизвика халуцинации во нив. По оваа етапа, четворицата се обединети во групен секс. Тоа било најдоброто искуство во кое останатите енергии биле потрошени. 15 минути подоцна и двајцата биле распродадени. За сестрите сексот никогаш немаше да заврши, но добро како што беа почитувани кршливоста на тие мажи. Не сакајќи да ја вознемируваат нивната работа, тие се откажале од земањето на сертификатот за оправдување на работата и нивниот личен телефон. Тие си заминаа комплетно составени без да го разбудат ничие внимание за време на болничкиот премин.

Пристигнувајќи на паркингот, тие влегоа во колата и почнаа да се враќаат назад. Среќни како што се, тие веќе размислуваа за нивната следна сексуална несреќа. Перверзната сестри беа навистина нешто!

Приватна лекција

Беше попладне како и секој друг. Новодојдените од работа, перверзната сестри биле зафатени со домаќинска работа. По завршувањето на сите задачи, тие се собраа во собата за да се одморат малку. Додека Амелина прочитала книга, Белина го користела мобилниот интернет за да ги разликуваат нејзините омилени веб-сајтови.

Во некој момент, вториот вриск Гласно во собата, која ја плаши сестра и.

"Што е тоа, девојко? Дали си луд? "Ја праша Амелина.

"Само што пристапив до веб-страницата на натпреварите со благодарно изненадување "ја информираше Белина.

"Кажи ми уште!

"Регистрациите на федералниот регионален суд се отворени. Да не пуштиме да го направиме тоа?

"Добар повик, сестро моја! Каква е платата?

"Повеќе од десет илјади првични долари.

"Многу добро! Мојата работа е подобра. Сепак, ќе го направам натпреварот бидејќи се подготвувам себеси да барам други настани. Ќе служи како експеримент.

"Многу добро се снаоѓаш! Ме охрабруваше. Не знам од каде да почнам. Можеш ли да ми дадеш бакшиши?

"Купете виртуелен курс, поставувајте многу прашања на тест сајтовите, правете и преправајте ги претходните тестови, пишувајте резиме, гледајте совети и симнувате добри материјали на интернет меѓу другото.

"Благодарам! Ќе ги прифатам сите овие совети! Ама ми треба нешто повеќе. Види, сестро, бидејќи имаме пари, што велиш да платиме за приватна лекција?

"Не мислев на тоа. Тоа е иновативна идеја! Имаш ли предлози за компетентно лице?

"Имам многу компетентен учител овде од Арковерде во моите телефонски контакти. Погледни му ја сликата!

Белина и го дала мобилниот на сестра си. Гледајќи ја сликата на момчето, таа беше во екстаза. Освен убавиот, тој беше паметен! Тоа би било совршена жртва на парот приклучувајќи се на корисните за пријатните.

"Што чекаме? Фати го, сестро! Наскоро треба да учиме. "Амелина рече.

"Сфативте! " Белина прифати.

Станувајќи од каучот, таа почнала да ги свртува броевите на телефонот на броевите. Откако ќе се јави повикот, ќе бидат потребни само неколку моменти за да се одговори.

"Здраво. Добро си?

"Се е супер, Ренато.

"Испрати ги наредбите.

"Сурфа на интернет кога открив дека апликациите за федералниот регионален судски натпревар се отворени. Веднаш го именував мојот ум како почитуван учител. Се сеќаваш на училишната сезона?

"Добро се сеќавам на тоа време. Добри времиња оние кои не се враќаат!

"Така е! Имаш ли време да ни дадеш приватна лекција?

"Каков разговор, млада госпоѓо! За тебе секогаш имам време! Кој датум ќе одредиме?

"Може ли да го направиме тоа утре во 14:00? Мораме да почнеме!

"Секако, знам! Со моја помош, смирено велам дека шансите за поминување се зголемуваат неверојатно.

"Сигурен сум во тоа!

"Колку добро! Можеш да ме очекуваш во 14:00.

"Ви благодарам многу! Се гледаме утре!

"Ќе се видиме подоцна!

Белина го затвори телефонот и ја скицирање насмевката

за неговиот придружник. Сомневајќи се во одговорот, Амелина праша:

"Како помина?

"Тој прифати. Утре во 14:00 ќе дојде.

"Колку добро! Нервите ме убиваат!

"Само полека, сестро! Ќе биде во ред.

"Амин!

"Да подготвиме вечера? Веќе сум гладен!

"Добро запаметено.!

Парот оди од дневната соба во кујната каде што во пријатна средина зборуваше, играше, готвеше помеѓу другите активности. Тие биле примерни личности на сестри обединети со болка и осаменост. Фактот дека тие беа Копилињата во сексот само уште повеќе ги квалификуваа. Како што сите знаете, Бразилката има топла крв.

Набргу потоа, тие се фраеризирале околу масата, размислувајќи за животот и неговите превирања.

"Јадејќи го овој вкусен пилешки строга оф, се сеќавам на црнецот и пожарникарите! Моменти кои никогаш не поминуваат! "Белина рече!

"Кажи ми за тоа! Тие момци се вкусни! Да не ја спомнувам сестрата и докторот! И мене ми се допадна! "Се сеќаваш на Амелина!

"Доволно вистина, сестро моја! Да имаш убава јарболот секој маж станува пријатен! Нека феминистите ми простат!

"Не треба да бидеме толку радикални...!

Двајцата се смеат и продолжуваат да јадат храната на масата. За момент, ништо друго не беше важно. Тие се биле сами во светот и тоа ги квалификувала како Божици на убавината и љубовта. Бидејќи најважно е да се чувствуваш добро и да имаш самодоверба.

Самоуверени во себе, тие продолжуваат во семејниот ритуал. На крајот од оваа фаза, тие сурфаат интернет, слушаат музика на дневната стерео, гледаат сапунски опери, а подоцна и порно филм. Оваа брзање ги остава без здив и уморни принудувајќи ги да одат на одмор во нивните соби. Со нетрпение чекаа следниот ден.

Тоа е. Нема да поминат долго пред да паднат во длабок сон. Освен кошмарите, ноќта и зората се одвиваат во нормалниот опсег. Штом дојде зората, тие стануваат и почнуваат да ја следат нормалната рутина: Бања, до ручек, работа, враќање дома, бања, ручек, дремка и преселување во собата каде што чекаат закажана посета.

Кога ќе слушнат како чукаат на вратата, Белина станува и оди да одговори. Притоа, тој се наоѓа на насмеаниот учител. Ова му предизвикало добро внатрешно задоволство.

Добредојде назад, пријателе! Спремен си да не научиш?

"Да, многу, многу подготвено! Благодарам повторно за оваа можност! "Рече Ренато.

"Пушти не внатре! " Рече Белина.

Момчето не размислуваше двапати и го прифати барањето на девојчето. Тој ја поздрави Амелина и на нејзиниот сигнал, седеше на каучот. Неговиот прв став беше да ја соблече црната плетена блуза бидејќи беше премногу жешка. Со ова, тој го напушти својот бунар Работеше во теретаната, капењето на потта и неговата темно-кожна светлина. Сите овие детали биле природен афродизијак за тие двајца "Перверзии".

Преправајќи се дека ништо не се случува, започна разговор помеѓу нив тројца.

"Дали подготвите добар час, професоре? Ја праша Амелина.

"Да! Да почнеме со која статија? "Го прашав Ренато.

"Не знам... "рече Амелина.

"Што ќе кажеш прво да се забавуваме? Откако си ја соблече кошулата, се намокрува! "Ја призна Белина.

"Јас исто така" рече Амелина.

Вие двајца сте навистина секс манијаци! Нели е тоа што го сакам? "Рече господарот.

Без да чека одговор, тој ги соблече сините фармерки кои ги покажуваат мускули на бутот, неговите очила за сонце ги покажуваат сините очи и конечно долна облека покажувајќи совршенство на долг пенис, средна дебелина и со триаголна глава. Доволно беше малите курви да паднат на врвот и да почнат да уживаат во тоа машко, жовијално тело. Со негова помош, тие се соблекувале и ги започнале прелиминарните на сексот.

Накратко, ова беше прекрасна сексуална средба каде што доживеаја многу нови нешта. Беше 40 минути див секс во целосна хармонија. Во овие моменти, емоцијата била толку голема што не го ни забележале времето и просторот. Затоа тие биле бесконечни преку Божјата љубов.

Кога стигнале до екстаза, малку се одморале на каучот. Потоа ги проучувале дисциплините наелектризирани од натпреварот. Како ученици, двајцата беа од помош, интелигентен, и дисциплиниран, кој беше забележан од наставникот. Сигурен сум дека биле на пат за одобрување.

Три часа подоцна, тие престанаа да ветуваат нови студиски состаноци. Среќни во животот, перверзната сестри отишле да се грижат за другите должности кои веќе размислуваат за нивните следни авантури. Тие биле познати во градот како " ненаситен".

Натпреварувачки тест

Помина некое време. Околу два месеци, перверзната сестри се посветувале на натпреварот според достапната време. Секој ден кога помина, беа поподготвени за се што дојде и отиде. Истовремено, имало сексуални средби, и, во овие моменти, тие биле ослободени.

Тест-денот конечно пристигна. Заминувајќи рано од главниот град на хинтерланд, двете сестри почнале да одат по автопатот БР 232 на вкупна патека од 250 километри. На патот, тие поминале покрај главните точки на внатрешноста на државата: Пескеира, Бело Жардим, Сао Каетано, Каруару, Гравата, Безерос и Виторија де Санто Антао. Секој од овие градови имал приказна за раскажување и од нивното искуство целосно го апсорбирале. Колку беше добро да се видат планините, Атлантската шума, каматата, фармите, фармите, селата, малите градови и да го отпие чистиот воздух кој доаѓа од шумите. Пернамбуко беше прекрасна држава!

Влегувајќи во урбаниот периметар на главниот град,

тие ја прославуваат добрата реализација на Патувањето. Однеси ја главната авенија до соседството добро патување каде што ќе го извршат тестот. На патот, тие се соочуваат со преполн сообраќај, рамнодушност од странци, загадени воздух, и недостаток на водство. Но конечно успеаја. Тие влегуваат во соодветната зграда, се идентификуваат и започнуваат со тестот кој ќе трае два периоди. За време на првиот дел од тестот, тие се целосно фокусирани на предизвикот на прашањата со повеќе избори. Епа, елаборирана од банката одговорна за настанот, предизвика најразновидни елаборации од двете. Според нив, добро се снаоѓале. Кога се одморале, излегле на ручек и сок во ресторан пред зградата. Овие моменти биле важни за нив да ја задржат својата доверба, врска и пријателство.

После тоа, се вратија на тест местото. Потоа започна вториот период од настанот со прашања кои се занимаваат со други дисциплини. Дури и без да го задржат истото темпо, тие сѐ уште беа многу перцептивен во нивните одговори. Тие докажаа на овој начин дека најдобар начин да се поминат натпреварите е со посветување многу на студиите. Некое време подоцна, тие го завршиле своето самоуверено учество. Тие ги предале доказите, се вратиле во автомобилот, движејќи се кон плажата која се наоѓа во близина.

На патот, тие свиреа, го вклучија звукот, коментираа за тртката и напредуваа по улиците на Ресифи гледајќи ги осветлените улици на главниот град бидејќи беше Ноќ. Се восхитуваат на спектаклот што се гледа. Не е ни чудо што градот е познат како "Главен град на тропите". Сонцето зајде давајќи уште подвиличен изглед на околината. Колку е убаво да бидеш таму во тој момент!

Кога стигнале до новата точка, тие се приближиле до бреговите на морето и потоа лансирале во неговите ладни и мирни води. Испровоцираната чувство е во возбуда од радост, задоволство, задоволство и мир. Губејќи ја трагата на времето, пливаат додека не се уморни. После тоа, лежат на плажата на ѕвездена светлина без страв и грижа. Магијата ги фати брилијантно. Еден збор кој треба да се користи во овој случај беше "Неизмерлив".

Во еден момент, со речиси напуштена плажа, постои пристап на двајца мажи од девојчињата. Се обидуваат да станат и да трчаат пред опасноста. Но, тие се запрени од силните раце на момчињата.

"Полека, девојки! Нема да те повредиме! Бараме само малку внимание и приврзаност!" Еден од нив зборуваше.

Соочени со мелен тон, девојките се смеа со емоции. Ако сакале секс, зошто да не ги задоволат? Тие беа Експерти во оваа уметност. Одговарајќи на нивните очекувања, тие се спротивставија и им помогнаа да се соблечат. Испорачаа два кондоми и направија стриптиз. Доволно беше да ги полудевме двајцата.

Паѓајќи на земја, тие се сакале во парови и нивните движења го натерале подот да се тресе. Си ги дозволија сите сексуални варијации и желби на двете. Во овој момент на испорака, тие Не се грижеше за ништо, ниту за никого. За нив, тие биле сами во универзумот во голем ритуал на љубов без предрасуди. Во сексот, тие целосно се испреплетени произведувајќи моќ која никогаш не била видена. Како и инструментите, тие биле дел од поголема сила во продолжувањето на животот.

Само исцрпеност ги принудува да престанат. Целосно задоволни, луѓето се откажаа и си заминаа. Девојките одлучуваат да се вратат во колата. Тие го започнуваат своето патување назад во нивната резиденција. Па, тие ги зедоа со себе своите искуства и очекуваа добри вести за натпреварот на кој учествуваа. Тие секако заслужуваат најдобра среќа на светот.

Три часа подоцна се вратија дома во мир. Му се заблагодаруваат на Бог за благословот што го дал одењето на спиење. Пред некој ден, чекав уште емоции за двајцата манијаци.

Враќањето на учителот.

Зора. Сонцето рано изгрејсонце со зраците кои поминуваат низ пукнатините на прозорецот ќе ги погали лицата на нашите драги бебиња. Покрај тоа, убавиот утрински ветер помогна да се создаде расположение во нив. Колку беше убаво да се има можност за уште еден ден со благословот на отецот. Полека, двајцата стануваат од соодветните кревети во Истото време. По капењето, нивниот состанок се одржува во крошната каде што тие го подготвуваат појадокот заедно. Тоа е момент на радост, очекување и споделување на вниманието искуства во неверојатно фантастични времиња.

Откако ќе биде подготвен појадокот, тие се собираат околу масата удобно седат на дрвени столбови со потпретседател за столбот. Додека јадат, разменуваат интимни искуства.

Белина

Сестра ми, што беше тоа?

Амелина

Чиста емоција! Сеуште се сеќавам на секој детел од телата на тие драги кретени!

Белина

И јас исто така! Чувствував огромно задоволство. Беше речиси екстрасензионно.

Амелина

Знам! Да ги правиме овие луди работи почесто!

Белина

Се согласувам!

Амелина

Ти се допадна тестот?

Белина

Ми се допадна. Умирам да ја проверам мојата изведба!

Амелина

И јас исто така!

Штом завршиле со хранењето, девојките ги земале мобилните телефони со пристап до мобилниот интернет. Тие оделе на страницата на организацијата за да ја проверат повратната информација на доказот. Го напишале на хартија и отишле во собата да ги проверат одговорите.

Внатре скокнаа од радост кога ја виделе добрата нота. Поминаа! Чувствата не можеа да се содржат во моментов. По прославата на многу, тој има најдобра идеја: Поканете го господарот Ренато за да можат да го прослават успехот на мисијата. Белина повторно е задолжена за мисијата. Го зема телефонот и се јавува.

Белина

Здраво?

Ренато

Здраво, добро ли си? Како си, слатка Бел?

Белина

Многу добро! Погоди што се случи.

Ренато

Не ми кажувај...

Белина

Да! Го поминавме натпреварот!

Ренато

Честитки! Зарем не ти кажав?

Белина

Сакам многу да ви се заблагодарам за соработката на секој начин. Ме разбираш, нели?

Ренато

Разбирам. Треба да наместиме нешто. По можност во твојата куќа.

Белина

Токму затоа се јавив. Може ли да го направиме тоа денес?

Ренато

Да! Можам вечерва.

Белина

Се прашувам. Тогаш ве очекуваме во осум часот навечер.

Ренато

Добро. Може ли да го донесам брат ми?

Белина

Секако!

Ренато

Се гледаме подоцна!

Белина

Се гледаме подоцна!

Врската завршува. Гледајќи ја нејзината сестра, Белина испушта насмевка од среќа. Љубопитен, другиот прашува:

Амелина

Па што? Дали доаѓа?

Белина

Во ред е! Во осум часот вечерва ќе бидеме повторно заедно. Тој и брат му доаѓаат! Размислувате ли за оргија?

Амелина

Кажи ми за тоа! Веќе зборувам со емоции!

Белина

Нека има срце! Се надевам дека ќе успее!

Амелина

"Се е успеано!

Двајцата. се смее истовремено исполнување на животната средина со позитивни вибрации. Во тој момент, не се сомневав дека судбината заговара за ноќ на забава за манијачкиот дуо. Тие веќе постигнале толку многу етапи заедно што нема да ослабат сега. Затоа тие треба да продолжат да ги идеализираат мажите како сексуална претстава и потоа да ги отфрлат. Тоа беше најмалата трка за да ги плати нивните страдања. Всушност, ниту еден жена не заслужува да страда. Или повеќе, секоја жена не заслужува болка.

ПЕРВЕРЗНАТА СЕСТРИ

Време е за работа. Излегувајќи од собата веќе е подготвена, двете сестри одат во гаражата каде што заминуваат во нивниот приватен автомобил. Амелина прво ја носи Белина на училиште, а потоа заминува за канцеларијата на фармата. Таму, таа исфрла радост и ги раскажува професионалните вести. За одобрување на натпреварот, тој ги добива честитките на сите. Истото се случува и со Белина.

Подоцна се враќаат дома и повторно се среќаваат. Потоа започнува подготовката за примање на вашите колеги. Денот вети дека ќе биде уште посебен.

Точно во закажаното време, слушнале како чукаат на вратата. Белина, најпаметната од нив, станува и одговара. Со цврсти и безбедни чекори, се става во вратата и полека ја отвора. По завршувањето на оваа операција, тој го визуелизира парот браќа. Со сигнал од домаќинот, тие влегуваат и се населуваат на софата во дневната соба.

Ренато
Ова е брат ми. Се вика Рикардо.
Белина
Мило ми е, Рикардо.
Амелина
Добредојдовте овде!
Рикардо.
Ви благодарам на двајцата. Задоволството е мое!
Ренато
Подготвен сум! Може ли да одиме во собата?
Белина
Ајде!

Амелина

Кој ќе добие кого сега?

Ренато

Сам ја бирам Белина.

Белина

Благодарам, Ренато, благодарам! Заедно сме!

Рикардо.

Ќе бидам среќен што ќе останам со Амелина!

Амелина

Ќе трепериш!

Рикардо.

Ќе видиме!

Белина

Тогаш нека почне забавата!

Мажите нежно ги ставиле жените на раката носејќи ги до креветите кои се наоѓаат во спалната соба на една од нив. Пристигнувајќи на местото, тие се соблекуваат и паѓаат во прекрасниот мебел почнувајќи го ритуалот на љубовта на неколку позиции, разменуваат лаги и соучеснишtво. Возбудата и задоволството беа толку големи што произведените станови можеа да се слушне преку улицата скандализирајќи ги соседите. Мислам, не толку, бидејќи веќе знаеле за нивната слава.

Со заклучок од врвот, љубовниците се враќаат во кујната каде што пијат сок со колачиња. Додека јадат, разговараат два часа, зголемувајќи ја интеракцијата на групата. Колку добро беше да бидеш таму да учиш за животот и како да бидеш среќен. Задоволството е добро со себе и со тоа што светот ги потврдува своите искуства и вредности пред другите да носат сигурност дека не можат да бидат судени од другите. Затоа, максимумот за кој верувале дека е "секоја е негова личност".

До вечерта конечно се збогуваат. Посетителите си заминуваат од "Драги Пиринеи" уште повеќе еуфорично кога размислуваат за нови ситуации. Светот постојано се врти кон двајцата дотерувачи. Нека имаат среќа!

Матичниот кловн

Неделата дојде и со него многу вести во градот. Меѓу нив, доаѓањето на циркус по име "Суперsвезда", познат низ целиот Бразил. Само за тоа зборувавме во областа. Љубопитен вродено, двете сестри програмираа да присуствуваат на отворањето на шоуто закажано за оваа вечер.

Во близина на распоредот, двајцата веќе беа подготвени да излезат по специјалната вечера за нивната прослава на неженет човек. Облечени за галата, двајцата парадираа во истовремено, каде што ја напуштија куќата и влегоа во гаражата. Влегувајќи во колата, почнуваат со една од нив што ќе се симне и ќе ја затвори гаражата. Со враќањето на истото, патувањето може да се продолжи без никакви понатамошни проблеми.

Напуштајќи го округот Свети Кристофер, оди кон округот Боа Виста на другиот крај на градот, главниот град на хинтерланд со околу осумдесет илјади жители. Додека одат по тихи те авенија, тие се зачудени од архитектурата, божиќната декорација, духовите на луѓето, црквите, планините за кои изгледаше дека зборуваат, мирисните буниш разменети во сооченост, звукот на гласниот камен, францускиот парфем, разговорите за политиката, бизнисот, општеството, забавите, североисточна култура и тајните. Како и да е, тие беа целосно опуштени, загрижени, нервозни, како и концентрирани.

На пат, веднаш, врне убав дожд. Против очекувањата, девојките ги отвораат прозорците на возилата правејќи мали капки вода да ги измазнуваат лицата. Овој гест ја покажува нивната едноставност и автентичност, вистински само астрални шампиони. Ова е најдобрата опција за луѓето. Која е поентата на отстранување на неуспесите, немирот и болката во минатото? Не би ги однеле никаде. Затоа беа среќни преку нивните одлуки. Иако светот им судеше, не им беше гајле затоа што ја поседуваа својата судбина. Среќен роденден на нив!

Околу 10 минути надвор, тие се веќе на паркингот закачен за циркусот. Го затвораат автомобилот, одат неколку метри во внатрешниот двор на околината. Затоа што дојдоа порано, седат на првите. Додека го чекате шоуто, тие купуваат пуканки, пиво, ги пуштаат гомната и тивките пунци. Немаше ништо подобро од тоа да бидеш во циркусот!

40 минути подоцна, шоуто е започнато. Меѓу атракциите се шегобијни кловнови, акробати, трапез уметници, конторициониости, смртоносен глобус, магионичари, жонглери и музичко шоу. Три часа живеат магични моменти, смешни, одвлечени, играат, се вљубуваат, конечно, живеат. Со распадот на шоуто, тие се

осигуруваат да одат во соблекувалната и да поздрават еден од кловновите. Тој ја постигна каскадата да ги развесели како никогаш да не се случило.

Горе на сцената, мораш да добиеш линија. Случајно, тие се последните кои одат во соблекувалната. Таму, тие наоѓаат оштетен кловн, далеку од сцената.

"Дојдовме овде да ви честитаме за твојата голема претстава. Има Божји дар во него! Ја гледал Белина.

"Твоите зборови и твоите гестови го потресоа мојот дух. Не знам, но забележав тага во твоите очи. Дали сум во право?

"Ви благодарам на двајцата за зборовите. Како се вашите имиња? Му одговорив на кловнот.

"Се викам Амелина!

"Се викам Белина.

"Мило ми е што се запознавме. Можеш да ме викаш Гиберт! Преживеав доволно болка во овој живот. Еден од нив беше неодамнешното одвојување од жена ми. Мораш да разбереш дека не е лесно да се одвоиш од жена ти после 20 години живот, така? Без оглед на тоа, со задоволство ја исполнувам мојата уметност.

Кутриот! Жал ми е!(Amelinha).

"Што можеме да направиме за да го развеселиме? (Белина).

"Не знам како. После раскинувањето на жена ми, многу ми недостасува. (Гиберт).

"Можеме да го поправиме ова, нели, сестро? (Белина).

"Секако. Ти си убав човек.(Amelinha)

"Благодарам, девојки. Прекрасен си. Гиберт го возбуди.

Без да чека повеќе, белиот, високиот, силниот, темноoко мажјак се соблекува, а дамите го следеа неговиот пример. Гола, триото влезе во предиграта таму на подот. Повеќе од размена на емоции и пцуење, сексот ги забавуваше и ги развесели. Во тие кратки моменти, тие чувствувале делови од поголема сила, љубов божја. Преку љубовта, тие стигнале до поголемата екстаза која човекот можел да ја постигне.

Завршувајќи го чинот, се облекуваат и се збогуваат. Уште еден чекор и заклучок дека човекот е див волк. Меничен кловн кој никогаш нема да го заборавиш. Нема веќе, го напуштаат циркусот и се селат на паркингот. Влегуваат во колата почнувајќи од назад. Следните неколку дена беа ветени уште изненадувања.

Втората зора дојде поубава од било кога. Рано наутро, нашите пријатели со задоволство ја чувствуваат топлината на сонцето и ветерот како лутаат во нивните лица. Овие контрасти предизвикани во физичкиот аспект на истото добро чувство на слобода, задоволство, задоволство и радост. Беа подготвени да се соочат со нов ден.

Сепак, тие ги концентрираат своите сили кои кулминираат со нивното кревање. Следниот чекор е да одите во апартманот и да го направите тоа со екстремна веројатност како да се од државата Бахија. Да не ги повредиме нашите драги соседи, секако. Земјата на сите светци е спектакуларно место полно со култура, историја и секуларни традиции.

Во тоалетот се соблекуваат поради чудното чувство дека не се сами. Кој некогаш слушнал за легендата за русокосата бања? По хорор филмскиот маратон, нормално беше да се впушти во неволја со него. Во потоа моментот, тие ги земаат главите обидувајќи се да бидат потивки. Одеднаш, доаѓа до умот на секој од нив, нивната политичка траекторија, нивната граѓанска страна, нивната професионална, верска страна и нивниот сексуален аспект. Добро се чувствуваат дека се несовршена уреди. Тие биле сигурни дека квалитетите и дефектите се додаваат на нивната личност.

Понатаму, се заклучуваат во тоалетот. Со отворање на тушот, ја пуштаат топлата вода да тече низ потните тела поради топлината на претходната ноќ. Течноста служи како катализатор кој ги апсорбира сите тажни работи. Токму тоа им требаше сега: да ја заборавам болката, траумата, разочарувањата, немирот обидувајќи се да најдат нови очекувања. Тековната година беше клучна во тоа. Фантастичен пресврт во секој аспект на животот.

Процесот на чистење се започнува со употреба на Растителни сугарчиња, сапун, Шампон, покрај Водата. Моментално, тие чувствуваат едно од најдобрите задоволства што ве принудува да се сетите на билетот на гребенот и авантурите на плажата. Интуитивно, нивниот див дух бара повеќе авантури во она што тие остануваат да го анализираат штом можат. Ситуацијата која ја фаворизираше слободното време остварени во работата на двајцата како награда за посветеност на јавниот сервис.

Околу 20 минути, тие малку ги оставија настрана своите цели за да живеат рефлексивен момент во нивната соодветна интимност. На крајот од оваа активност, тие излегуваат од тоалетот, го бришат мокрота тело со пешкирот, носат чиста облека и чевли, носат швајцарски парфем, увезена шминка од Германија со вистински убави очила за сонце и тијара. Целосно подготвени, тие се преселуваат во чашата со нивните ташни на стрипот и се поздравуваат среќни со повторното обединување благодарение на добриот Господ.

Во соработка, тие подготвуваат појадок на завист: кус-кус во пилешки сос, зеленчук, овошје, кафе-крем и крекери. Во еднакви делови храната е поделена. Тие ги менуваат моментите на молчење со кратки размени на зборови бидејќи биле љубезни. Завршениот појадок, нема бегство над она што го имаат наменето.

"Што предлагаш, Белина? Досадно ми е!

"Имам паметна идеја. Се сеќаваш на личноста што ја запознавме на литературниот фестивал?

"Се сеќавам. Тој беше писател, и се викаше Божествен.

"Го имам неговиот број. Што ќе кажеш да влеземе во контакт? Би сакал да знам каде живее.

"И јас. Одлична идеја. Направи го тоа. Ќе ми се допадне.

"Во ред!

Белина ја отворила ташната, го зела телефонот и почнала да врти. За неколку моменти, некој одговара на линијата и разговорот започнува.

"Здраво.

"Здраво, Божествен. Во ред?

"Во ред, Белина. Како оди?

"Добро се снаоѓаме. Види, дали поканата е уште

вклучена? Сестра ми и јас би сакале да имаме специјална претстава вечерва.

"Секако, знам. Нема да зажалиш. Овде имаме пилиња, изобилна природа, свеж воздух надвор од големата компанија. И јас сум достапен денес.

"Колку прекрасно. Чекај не на влезот на селото. За најмногу 30 минути сме таму.

"Во ред е. Се гледаме подоцна!

"Ќе се видиме подоцна!

Повикот завршува. Со смири, Белина се враќа да комуницира со сестра си.

"Тој рече да. Ајде да?

"Ајде. Што чекаме?

Двете паради од чашата до излезот од куќата, затворајќи ја вратата зад нив со клуч. Потоа се преселуваат во гаражата. Тие го возат официјалниот семеен автомобил, оставајќи ги нивните проблеми зад себе чекајќи нови изненадувања и емоции на најважната земја во светот. Низ градот, со гласен звук, ја задржаа својата мала надеж за себе. Вредеше се во тој момент додека не се сетив на шансата да бидам среќен засекогаш.

Со кратко време, тие ја заземаат десната страна на автопатот БР 232. Значи, го започнува курсот на достигнување и среќа. Со умерена брзина, тие можат да уживаат во планинскиот пејзаж на бреговите на патеката. Иако била позната средина, секој премин постоел повеќе од новост. Тоа беше прекриено јас.

Поминувајќи низ места, фарми, села, сини облаци, пепел и рози, суво воздух и топла температура одат. Во програмирано време, тие доаѓаат до рустикален од влезот на бразилската внатрешност. Мимосо на полковниците, видовитост, напречната зачнување и луѓето со висок интелектуален капацитет.

Кога застанаа до влезот на округот, го очекуваа твојот драг пријател со иста насмевка како и секогаш. Добар знак за оние кои бараа авантури. Излегувајќи од колата, тие одат да се сретнат со благородниот колега кој ги прима со прегратка која станува тројна. Овој момент изгледа не завршува. Тие веќе се повторуваат, почнуваат да ги менуваат првите впечатоци.

"Како си Божествен? Ја прашав Белина.

"Добро, како си? Одговараше на видовитост.

"Одлично!(Белина).

"Подобро од било кога, ја надополни Амелина.

"Имам одлична идеја. Што ќе кажеш да се качиме на планината Ороруба? Пред точно осум години започна мојата траекторија во литературата.

"Каква убавина! Ќе биде чест! (Amelinha).

"И за мене! Ја сакам природата. (Белина).

"Па, пушти не веднаш. (Алдиван).

Потпишувајќи за следење, мистериозниот пријател на двете сестри напредувал на улиците во центарот. Десно, влегувањето во приватно место и одењето околу 100 метри ги става на дното на пилата. Брзо застануваат, па можат да се одморат и да се хидрати раат. Како беше да се искочиш на планината после сите овие авантури? Чувството беше мир, собирање, сомнеж и колебање. Тоа беше како прв пат со сите предизвици оданочени од судбината. Оеднаш, пријателите се соочуваат со големата писателка со насмевка.

"Како почна сето тоа? Што значи тоа за тебе? (Белина).

"Во 2009 година, мојот живот се вртеше во монотонија. Она што ме одржуваше жив е волјата да го надминам она што го чувствував во светот. Тогаш слушнав за оваа планина и моќите на неговата прекрасна пештера. Нема излез, одлучив да ризикувам во име на мојот сон. Ја пакував торбата, се искачив на планината, извршив три предизвици кои ми беа акредитирани влегоа во грото на очајот, најсмртоносните, најопасното грото на светот. Внатре во неа, ги надминав големите предизвици со завршување за да стигнам до одајата. Токму во тој момент на екстаза се случи чудото, јас станав видовит, сезнаен битие преку неговите визии. Досега имаше уште 20 авантури и нема да престанам толку брзо. Благодарение на читателите, постепено, ја постигнувам мојата цел да го освојам светот.

"Возбудливо. Јас сум твој обожавател. (Amelinha).

"Трогателно. Знам како мора да се чувствуваш за извршувањето на оваа задача повторно. (Белина).

"Одлично. Чувствувам мешавина од добри работи, вклучувајќи успех, верба, канца и оптимизам. Тоа ми дава добра енергија, рече видовитост.

"Добро. Каков совет ни даваш?

"Да го задржиме фокусот. Спремен си да дознаеш подобро за себе? (господарот).

"Да. Се согласија и на двајцата.

"Тогаш следи ме.

Триото го продолжи претпријатијата. Сонцето се загрева, ветерот дува малку посилно, птиците одлетаат и пеат, камењата и трата изгледа се движат, земјата се тресе и планинските гласови почнуваат да дејствуваат. Ова е средината која се прикажува на искачувањето на пилата.

Со многу искуство, човекот во пештерата им помага на жените постојано. Дејствувајќи вака, тој вложил практични доблести важни како солидарност и соработка. За возврат, му позајмиле човечка топлина и нееднакво посветеност. Можеме да кажеме дека е толку непрекинато, незапирливо, компетентно трио.

Малку по малку, одат чекор по чекор по чекорите на среќата. И покрај значителното достигнување, тие остануваат неуморни во нивната потрага. Во продолжение, тие го забавуваат темпото на прошетката малку, но го одржуваат постојано. Како што вели поговорката, полека оди далеку. Оваа сигурност постојано ги придружува создавајќи духовен спектар на пациенти, претпазливост, толеранција и надминување. Со овие елементи, тие имале верба да ја надминат секоја несреќа.

Следната точка, светиот камен, завршува една третина од патеката. Има кратка пауза, и уживаат во тоа да се молат, да се заблагодарат, да ги одразат и планираат следните чекори. Во вистинската мерка, тие сакаа да ги задоволат своите надежи, стравовите, болката, мачењето и тагата. Бидејќи имаат верба, незаборавен мир ги исполнува нивните срца.

Со рестартирањето на патувањето, несигурноста, сомневањата и силата на неочекуваните враќања да дејствуваат. Иако тоа би можело да ги исплаши, тие ја носеле безбедноста да бидат во присуство на Бога и малиот Ник на внатрешноста. Ништо или некој не може да им наштети само затоа што Бог не би го дозволил тоа. Тие ја сфатиле оваа заштита во секој тежок момент од животот каде што другите едноставно ги напуштиле. Бог е наш единствен лојален пријател.

Понатаму, тие се половина од патот. Искачувањето останува спроведено со повеќе посветеност и мелодии. Спротивно на она што обично се случува со обичните качувачи, ритамот помага во мотивацијата, волјата и испораката. Иако тие не биле спортисти, тоа било извонредно од нивните перформанси за тоа што биле здрави и извршени млади.

По завршувањето на три четвртини од рутата, очекувањето доаѓа до неподносливи нивоа. Колку долго ќе треба да чекаат? Во овој момент на притисок, најдобро е да се обидеме да го контролираме моментот на љубопитност. Сите внимателни сега се должеа на дејствувањето на спротивставените сили.

Со уште малку време, конечно ја завршуваат рутата. Сонцето свети посветло, божјата светлина ги осветлува и излегува од трага, чуварот и неговиот син Ренато. Се е прероден во срцето на оние прекрасни мали. Ја заслужија таа благодат што работеа толку напорно. Следниот чекор на видовитост е да налета на тесна прегратка со неговите добротвори. Неговите колеги го следат и ја прегрнуваат квинтал.

Мило ми е што те гледам, божји сине! Не сум те видел

долго време! Мојот мајчин инстинкт ме предупреди за твојот пристап, рече дамата-предок.

"Мило ми е! Како да се секавам на мојата прва авантура. Имаше толку многу емоции. Планината, предизвиците, пештерата и патувањето низ времето ја одбележаа мојата приказна. Враќањето тука ми носи добри реминисценции. Сега, носам двајца пријателски воини. Им требаше состанокот со светиот.

"Како се вашите имиња, дами? Го прашав чуварот на планината.

"Се викам Белина, а јас сум ревизор.

"Се викам Амелина, а јас сум наставник. Живееме во Арковерде.

Добредојдовте, дами. (Чувар на планината.).

"Благодарни сме! Рекоа дека двајцата посетители со солзи поминуваат низ очите.

"И јас сакам нови пријателства. Да бидам до мојот господар повторно ми дава посебно задоволство од оние неописливо. Единствените луѓе кои знаат да разберат дека сме ние двајцата. Нели, партнеру? (Ренато).

"Никогаш не се менуваш, Ренато! Твоите зборови се бесценети. Со целото мое лудило, наоѓањето на него беше едно од добрите работи на мојата судбина.

Мојот пријател и брат ми одговорија на видовитост без да ги пресметаат зборовите. Излегоа природно поради вистинското чувство кое го негува.

"Ние сме соодветни во истата мерка. Затоа нашата приказна е успешна, рече младичот.

"Колку убаво да бидеш во оваа приказна. Немав поим

колку е посебна планината во нејзината траекторија, драг писател, рече Амелина.

Навистина е восхитувачки, сестро. Освен тоа, твоите пријатели се навистина добри. Ја живееме вистинската фикција и тоа е најубавото нешто што постои. (Белина).

"Го цениме комплиментот. Меѓутоа, мора да бидете уморени од напорите вработени во искачувањето. Што ќе кажеш да си одиме дома? Секогаш имаме нешто да понудиме. (Мадам).

"Ја испративме можноста да ги стигнеме нашите разговори. Толку ми недостасува Ренато.

"Мислам дека е одлично. Што се однесува до дамите, што велиш?

"Ќе ми се допадне.(Белина).

"Ќе го направиме тоа!

"Тогаш пушти не! Го заврши господарот.

Квинтетот почнува да оди по редоследот даден од фантастичната фигура. Веднаш, ладен удар низ заморените скелети на класата. Која беше таа жена и какви моќи имаше? И покрај толку многу моменти заедно, мистеријата останала заклучена како врата на седум клучеви. Никогаш нема да знаат бидејќи е дел од планинската тајна. Истовремено, нивните срца останале во маглата. Тие биле исцрпени од дарување љубов и не добивање, простување и разочарување повторно. Како и да е, или се навикнале на реалноста на животот или би страдале многу. Затоа им требаше совет.

Чекор по чекор, ќе ги надминат пречките. Веднаш, слушнаа вознемирувачки врисок. Со еден поглед, шефот ги смирува. Тоа било чувството на хиерархијата, додека најсилната и најискусните заштитена, слугите се враќале со посветеност, обожување и пријателство. Тоа беше двонасочен улица.

За жал, тие ќе управуваат со прошетката со голема и нежност. Која идеја поминала низ главата на Белиња? Тие биле во средината на грмушката уапсени од гадни животни кои можеле да ги повредат. Освен тоа, имаше трња и заострени камења на нивните нозе. Како што секоја ситуација има своја гледна точка, да бидеш таму беше единствената шанса да се разбереш себеси и твоите желби, нешто дефицит во животите на посетителите. Наскоро, вредеше авантурата.

Следниот пат ќе застанат. Точно таму, имаше овоштарници. Се упатија кон рајот. Во алергијата на Библијата, тие се чувствувале целосно слободни и интегрирани кон природата. Како и децата, тие играат качувајќи се на дрвја, ги земаат плодовите, слегуваат и ги јадат. Тогаш медитираат. Научиле веднаш штом животот ќе биде направен од моменти. Дали се тажни или среќни, добро е да уживаме во нив додека сме живи.

Во потоа инстант, тие земаат освежувачка бања во езерото прикачено. Овој факт предизвикува добри сеќавања од еднаш, за најзабележливите искуства во нивните животи. Колку беше убаво да бидеш дете! Колку тешко беше да пораснеш и да се соочиш со животот на возрасните. Живеј со лажната, лагата и лажниот морал на луѓето.

Продолжуваат понатаму, се приближуваат до

судбината. Десно на патеката, веќе можеш да ја видиш простата дупка. Тоа беше светилиштето на најубавите, мистериозни луѓе на планината. Тие беа прекрасни, што докажува дека вредноста на човекот не е во она што го поседува. Благородништвото на душата е во карактерот, во милосрдието и советувањето на ставовите. Значи, поговорката вели: пријател на плоштадот е подобар од парите што се депонираат во банка.

Неколку чекори напред, застануваат пред влезот на кабината. Ќе добијат ли одговори на вашите внатрешни истраги? Само времето може да одговори на ова и други прашања. Најважното во ова беше што тие беа таму за што и да дојде и си оди.

Преземајќи ја улогата на домаќинката, чуварот ја отвора вратата, давајќи им на сите други пристап до внатрешноста на куќата. Влегуваат во празната кабинка, набљудувајќи се широко. Тие се импресионирани од деликатесот на местото претставено со орнаментиката, предметите, мебелот и климата на мистеријата. Контрадикторни, постоеле повеќе богатства и културна разновидност отколку во многу палати. Значи, можеме да се чувствуваме среќни и комплетни дури и во скромни средини.

Еден по еден, ќе се сместите на слободните локации, освен што Ренато оди во кујната да подготви ручек. Првичната клима на срамежливоста е скршена.

"Би сакал да ве познавам подобро, девојки.

"Ние сме две девојки од Арковерде Сити. Ние сме среќни професионално, но губитниците во љубовта.

Откако бев предаден од мојот стар партнер, бев фрустриран, призна Белина.

"Тогаш одлучивме да им се вратиме на мажите. Направивме пакт да ги намамиме и да ги искористиме како предмет. Никогаш повеќе нема да страдаме, рече Амелина.

"Им ја давам целата моја поддршка. Ги запознав во толпата и сега нивната можност дојде да ги посети овде. (Божји син)

"Интересно. Ова е природна реакција на страдањето на разочарувањата. Сепак, тоа не е најдобриот начин да се следи. Судењето на целиот вид според ставот на човекот е јасна грешка. Секој има своја индивидуалност. Ова твое свето и бесрамно лице може да предизвика повеќе конфликти и задоволство. Од тебе зависи да ја најдеш вистинската поента на оваа приказна. Она што можам да го направам е да подржам како што направи твојот пријател и да станам соучесник во оваа приказна го анализираше светиот дух на планината.

"Ќе дозволам. Сакам да се најдам во светилиштето. (Amelinha).

"И јас го прифаќам твоето пријателство. Кој знаеше дека ќе бидам на фантастична сапуница? Митот за пештерата и планината изгледаат така сега. Може ли да посакам желба?(Белина).

"Секако, драга.

"Планинските ентитети можат да ги слушнат барањата на скромните сонувачи како што ми се случи. Имај верба!(Син божји).

"Толку сум наведуван. Но ако кажеш така, ќе се обидам. Барам успешен заклучок за сите нас. Нека се оствари секој од вас во главните области на животот.

"Го доделуваме тоа! Громови длабок глас во средината на собата.

И двете курви направија скок на земја. Во меѓувреме, другите се смееја и плачеа на реакцијата на двете. Тој факт беше повеќе судбинска акција. Какво изненадување. Немаше никој кој можеше да предвиди што се случува на врвот на планината. Откако еден познат Индиец умрел на местото на настанот, сензацијата на реалноста оставила простор за натприродното, мистеријата и необичното.

"Што по ѓаволите беше онаа гром? До сега се тресам, ја призна Амелина.

"Слушнав што вели гласот. Ми ја потврди желбата. Сонувам ли? Ја прашав Белина.

"Чудата се случуваат! Со време, ќе знаеш што точно значи да го кажеш ова, рече господарот.

"Верувам во планината, а ти мора да веруваш во неа. Преку нејзиното чудо, останувам тука убеден и сигурен во своите одлуки. Ако не успееме еднаш, можеме да почнеме од почеток. Секогаш постои надеж за живите-уверуваше шамакот на Видовитиот што покажува сигнал на покривот.

"Светло. Што значи тоа? (Белина).

"Толку е убаво и светло. (Amelinha).

"Тоа е светлината на нашето вечно пријателство. Иако исчезнува физички, ќе остане недопрена во нашите срца. (Чувар

"Сите сме лесни, иако на истакнати начини. Нашата судбина е среќа. (Видовит).

Таму доаѓа Ренато и дава предлог.

"Време е да излеземе и да најдеме некои пријатели. Дојде време за забава.

"Со нетрпение го очекувам тоа. (Белина)

"Што чекаме? Време е. (SCREAMS)

Квартетот излегува во шумата. Темпото на чекорите е брзо она што открива внатрешна вознемиреност на ликовите. Руралната средина на Мимосо придонесе за спектакл на природата. Со какви предизвици би се соочил? Дали жестоките животни би биле опасни? Планинските митови можеле да нападнат во секое време што било доста опасно. Но храброста беше квалитет кој сите го носеа таму. Ништо нема да ја сопре нивната среќа.

Дојде време. Во екипата имаше црнец, Ренато, и русокоса личност. Во пасивниот тим биле Божествени, Белиња и Амелина. со формирањето на тимот, забавата започнува меѓу сивото зелено од селските шуми.

Црнецот излегува со Божествен. Ренато Датум Амелина и русокосата излегува со Белина. Групниот секс започнува со размена на енергија помеѓу шестмината. Сите беа за сите за еден. Жедта за секс и задоволство беше вообичаена за сите. Менување на позициите, секој од вас доживува уникатни сензации. Се обидуваат со аналниот секс, вагиналниот секс, оралниот секс, групниот секс меѓу другите сексуални модалитети. Тоа докажува дека љубовта не е грев. Тоа е трговија со фундаментална енергија за еволуцијата на луѓето. Без вина, тие брзо разменуваат партнер, кој обезбедува повеќе оргазми. Тоа е мешавина од екстази која ја вклучува групата. Тие поминуваат часови во секс додека не се уморни.

По завршувањето на сите, тие се враќаат на своите првични позиции. Имаше уште многу да се открие на планината.

Турнеја во градот Песквеира

Понеделник наутро поубава од било кога. Рано наутро, нашите пријатели добиваат задоволство да ја почувствуваат топлината на сонцето и ветерот како лутаат во нивните лица. Овие контрасти предизвикани во физичкиот аспект на истото добро чувство на слобода, задоволство, задоволство и радост. Беа подготвени да се соочат со нов ден.

На второ размислување, тие ги концентрираат своите сили кои кулминираат со нивното кревање. Следниот чекор е да одите во апартманите и да го направите тоа со екстремна веројатност како да се од државата бахија. Да не ги повредиме нашите драги соседи, секако. Земјата на сите светци е спектакуларно место полно со култура, историја и секуларни традиции.

Во тоалетот се соблекуваат поради чудното чувство дека не се сами. Кој некогаш слушнал за легендата за русокосата бања? По хорор филмскиот маратон, нормално беше да се впушти во неволја со него. Во потоа моментот, тие ги земаат главите обидувајќи се да бидат потивки. Одеднаш, доаѓа до умот на секој од нив нивната политичка траекторија, нивната граѓанска страна, нивната професионална, верска страна и нивниот сексуален аспект. Добро се чувствуваат дека се несовршена уреди. Тие биле сигурни дека квалитетите и дефектите се додаваат на нивната личност.

Се заклучуваат во тоалетот. Со отворање на тушот, ја пуштаат топлата вода да тече низ потните тела поради топлината на претходната ноќ. Течноста служи како катализатор кој ги апсорбира сите тажни работи. Токму тоа им требаше сега: заборавете на болката, траумата, разочарувањата, немирот кој се обидува да најде нови очекувања. тековната година беше клучна во неа. Фантастичен пресврт во секој аспект на животот.

Процесот на чистење се започнува со употреба на чистачка за тело, сапун, шампон надвор од водата. Моментално, тие чувствуваат едно од најдобрите задоволства што ги принудува да се сетат на преминот на гребенот и авантурите на плажата. Интуитивно, нивниот див дух бара повеќе авантури во она што тие остануваат да го анализираат штом можат. Ситуацијата која ја фаворизираше слободното време остварени во работата на двајцата како награда за посветеност на јавниот сервис.

Околу 20 минути, тие малку ги оставија настрана своите цели за да живеат рефлексивен момент во нивната соодветна интимност. На крајот од оваа активност, тие излегуваат од тоалетот, го бришат мокрота тело со пешкирот, носат чиста облека и чевли, носат швајцарски парфем, увезена шминка од Германија со вистински убави очила за сонце и тијара. Целосно подготвени, тие се преселуваат во чашата со нивните ташни на стрипот и се поздравуваат среќни со повторното обединување благодарение на добриот Господ.

Во соработка тие подготвуваат појадок на завист, пилешки сос, зеленчук, овошје, кафе-крем и крекери. Во еднакви делови храната е поделена. Тие ги менуваат моментите на молчење со кратки размени на зборови бидејќи биле љубезни. Завршениот појадок, не остана бегство отколку што имаа намера.

"Што предлагаш, Белина? Досадно ми е!

"Имам паметна идеја. Се сеќаваш на типот што го најдовме во толпата?

"Се сеќавам. Тој беше писател, и се викаше Божествен.

"Го имам неговиот телефонски број. Што ќе кажеш да влеземе во контакт? Би сакал да знам каде живее.

"И јас. Одлична идеја. Направи го тоа. Би сакал.

"Во ред!

Белина ја отворила ташната, го зела телефонот и почнала да врти. За неколку моменти, некој одговара на линијата и разговорот започнува.

"Здраво.

Здраво Божествен, како си?

"Во ред, Белина. Како оди?

"Добро се снаоѓаме. Види, дали поканата е уште вклучена? Јас и сестра ми сакаме да имаме специјална претстава вечерва.

"Секако, знам. Нема да зажалиш. Овде имаме пилиња, изобилна природа, свеж воздух надвор од големата компанија. И јас сум достапен денес.

"Колку прекрасно! Тогаш чекај не на влезот на селото. За најмногу 30 минути сме таму.

"Во ред! Значи, до тогаш!

"Ќе се видиме подоцна!

Повикот завршува. Со смирка со печат, Белина се враќа да комуницира со сестра си.

"Тој рече да. Ќе одиме ли?

"Ајде! Што чекаме?

Двете паради од чашата до излезот од куќата ја затвораат вратата зад нив со клуч. Тогаш оди во гаражата. Пилотирање на официјалниот семеен автомобил, оставајќи ги нивните проблеми зад себе чекајќи нови изненадувања и емоции на најважната земја во светот. Низ градот, со гласен звук, ја задржаа својата мала надеж за себе. Вредеше се во тој момент додека не се сетив на шансата да бидам среќен засекогаш.

Со кратко време, тие ја заземаат десната страна на автопатот БР 232. Затоа, почнете го текот на текот на достигнувањето и среќата. Со умерена брзина, тие можат да уживаат во планинскиот пејзаж на бреговите на патеката. Иако била позната средина, секој премин постоел повеќе од новост. Тоа беше прекриено јас.

Поминувајќи низ места, фарми, села, сини облаци, пепел и рози, суво воздух и топла температура одат. Во програмирано време, тие доаѓаат до најбуколичниот на влезот на внатрешноста на државата Пернамбуко. Мимосо на полковниците, видовитост, напречната зачнување и луѓето со висок интелектуален капацитет.

Кога застана до влезот на округот, го очекуваше твојот

драг пријател со иста насмевка како и секогаш. Добар знак за оние кои бараа авантури. Излези од колата, оди да се запознаеш со благородниот колега кој ги прима со прегратка која станува тројна. Овој момент изгледа не завршува. Тие веќе се повторуваат, почнуваат да ги менуваат првите впечатоци.

"Како си Божествен? (Белина)

"Па, што е со тебе? (Видовитиот)

"Одлично! (Белина)

"Подобро од било кога "(Amelinha)

"Имам одлична идеја, што велиш да се качиме на планината Оруба? Пред точно осум години започна мојата траекторија во литературата.

"Каква убавина! Ќе биде чест! (Amelinha)

"и за мене! Ја сакам природата! (Белина)

"Па, пушти не веднаш! (Алдиван)

Потпишувајќи го, мистериозниот пријател на двете сестри напредувал по улиците на центарот. Десно, влегувањето во приватно место и одењето околу 100 метри ги става во дното на пилата. Брзо застануваат да се одморат и да се хидрати раат. Како беше да се искочиш на планината после сите овие авантури? Чувството беше мир, собирање, сомнеж и колебање. Тоа беше како прв пат со сите предизвици оаночени од судбината. Одеднаш, пријателите се соочуваат со големата писателка со насмевка.

"Како почна сето тоа? Што значи тоа за тебе?(Белина)

"Во 2009 година, мојот живот се вртеше во монотонија. Она што ме одржуваше жив е волјата да го надминам она што го чувствував во светот. Тогаш слушнав за оваа планина и моќите на неговата прекрасна пештера. Нема излез, одлучив да ризикувам во име на мојот сон. Ја спакував торбата, се искачив на планината, извршив три предизвици кои ми беа акредитирани влегоа во грото на очајот, најсмртоносните, најопасното грото на светот. Внатре во неа, ги надминав големите предизвици со завршување за да стигнам до одајата. Токму во тој момент на екстаза се случи чудото, јас станав видовит, сезнаен битие преку неговите визии. Досега имаше уште 20 авантури и немам намера да престанам толку брзо. Со помош на читателите, по малку, ја добивам мојата цел да го освојам светот.(Син божји)

"Возбудливо! Јас сум твој обожавател. (Amelinha)

" Знам како мора да се чувствувате за извршувањето на оваа задача повторно. (Белина)

"Многу добро! Чувствувам мешавина од добри работи, вклучувајќи успех, верба, канца и оптимизам. Тоа ми дава добра енергија. (Видовитиот)

"Добро! Каков совет ни даваш? (Белина)

"Да го задржиме фокусот. Спремен си да дознаеш подобро за себе?(господарот)

"Да! Се согласија и на двајцата.

"Тогаш следи ме!

Триото го продолжи претпријатијата. Сонцето се загрева, ветерот дува малку посилно, птиците одлетаат и пеат, камењата и трата изгледа се движат, земјата се тресе и планинските гласови почнуваат да дејствуваат. Ова е средината која се прикажува на искачувањето на пилата.

ПЕРВЕРЗНАТА СЕСТРИ

Со многу искуство, човекот во пештерата им помага на жените постојано. Дејствувајќи вака, тој вложил практични доблести важни како солидарност и соработка. За возврат, му позајмиле човечка топлина и нееднаква посветеност. Можеме да кажеме дека е толку непрекинато, незапирливо, компетентно трио.

Малку по малку, одат чекор по чекор по чекорите на среќата. Со посветеност и упорност, тие го претекнувате повисокото дрво, завршувајќи четвртина од патот. И покрај значителното достигнување, тие остануваат неуморни во нивната потрага. Беа затоа што ми честитаа.

Во продолжение, забавувајте го темпото на прошетката малку, но задржувајќи го постојано. Како што вели поговорката, полека оди далеку. Оваа сигурност постојано ги придружува создавајќи духовен спектар на трпение, претпазливост, толеранција и надминување. Со овие елементи, тие имале верба да ја надминат секоја несреќа.

Следна точка, светиот камен завршува третина од патеката. Има кратка пауза и уживаат во тоа да се молат, да се заблагодарат, да ги одразат и планираат следните чекори. Во вистинската мерка, тие сакаа да ги задоволат своите надежи, стравовите, болката, мачењето и тагата. Бидејќи имаат верба, незаборавен мир ги исполнува нивните срца.

Со рестартирањето на патувањето, несигурноста, сомнежите и силата на неочекуваните враќања да дејствуваат. Иако тоа би можело да ги исплаши, тие ја носеле безбедноста да бидат во присуство на Богомалку никнење на внатрешноста. Ништо или некој не може да им наштети само затоа што Бог не би го дозволил тоа. Тие ја сфатиле оваа заштита во секој тежок момент од животот каде што другите едноставно ги напуштиле. Бог е нашиот единствен вистински и лојален пријател.

Понатаму, тие се половина од патот. Искачувањето останува спроведено со повеќе посветеност и мелодии. Спротивно на она што се случува обично со обичните качувачи, ритамот помага во мотивацијата, волјата и испораката. Иако тие не биле спортисти, тоа било извонредно нивната изведба поради тоа што биле здрави и посветени млади.

Од третиот четврт курс, очекувањето доаѓа до неподносливи нивоа. Колку долго ќе треба да чекаат? Во овој момент на притисок, најдобро е да се обидеме да го контролираме моментот на љубопитност. Сите внимателни сега се должеа на дејствувањето на спротивставените сили.

Со уште малку време, конечно го завршуваат курсот. Сонцето свети посветло, божјата светлина ги осветлува и излегува од трага, чуварот и неговиот син Ренато. Се е пророден во срцето на оние прекрасни мали. Тие ја заслужија оваа благодат преку законот за растенија. Следниот чекор на видовитост е да налета на тесна прегратка со неговите добротвори. Неговите колеги го следат и ја прегрнуваат квинтапната прегратка.

"Мило ми е што те гледам, божји сине! Долго време не се гледа! Мојот мајчин инстинкт ме предупреди за твојот пристап, дамата-предок.

Мило ми е! Како да се сеќавам на мојата прва авантура. Имаше толку многу емоции. Планината, предизвиците, пештерата и патувањето низ времето ја одбележаа мојата приказна. Враќањето тука ми носи добри реминисценции. Сега, носам двајца пријателски воини. Им требаше состанокот со светиот.

"Како се вашите имиња, дами?(Чуварот)

"Моето име е Белина и јас сум ревизор.

"Моето име е Амелина и јас сум наставник. Живееме во Арковерде.

Добредојдовте, дами. (Чуварот)

"Благодарни сме! Рекоа дека двајцата посетители со солзи поминуваат низ очите.

"И јас сакам нови пријателства. Да бидам до мојот господар повторно ми дава посебно задоволство од оние неописливо. Само луѓе кои знаат да разберат дека сме ние двајцата. Нели, партнеру? (Ренато)

"Никогаш не се менуваш, Ренато! Твоите зборови се бесценети. Со целото мое лудило, наоѓањето на него беше едно од добрите работи на мојата судбина. Мојот пријател и брат ми. (Видовит).

Излегоа природно поради вистинското чувство кое го негува.

"Ние се совпаѓање во иста мера. Затоа нашата приказна е успешна, рече младиот човек.

"Добро е да бидеш дел од оваа приказна. Не ни знаев колку е посебна планината во нејзината траекторија, драг писател "Amelinha рече.

"Тој навистина е восхитувачки, сестро. Освен тоа, твоите пријатели се многу пријателски настроени. Живееме вистинска фикција и тоа е најубавото нешто што постои. (Белина)

"Ви благодариме за комплиментот. Сепак, тие мора да се уморни од напорите вработени во искачувањето. Што ќе кажеш да си одиме дома? Секогаш имаме нешто да понудиме. (Мадам)

"Ја искористивме шансата да ги стигнеме разговорите. Многу ми недостасуваш "Ренато призна.

"Тоа е во ред со мене. Супер е како за дамите, што ми кажуваат?

"Ќе ми се допадне! " Белина тврди.

"Да, да одиме", се согласи Амелина.

"Па, пушти не! " Господарот заклучи.

Квинтетот почнува да оди по редоследот даден од фантастичната фигура. Во моментов, ладен удар низ заморените скелети од класата. Која беше таа жена, која беше таа, која имаше моќи? И покрај толку многу моменти заедно, мистеријата останала заклучена како врата на седум клучеви. Никогаш нема да знаат бидејќи е дел од планинската тајна. Истовремено, нивните срца останале во маглата. Тие биле исцрпени од дарување љубов и не добивање, простување и разочарување повторно. Како и да е, или се навикнале на реалноста на животот или би страдале многу. Затоа им требаше совет.

Чекор по чекор, ќе ги преболиш пречките. Моментално слушнаа вознемирувачки врисок. Со еден поглед, шефот ги смирува. Тоа било смислата на хиерархијата, додека најсилната и поискусната заштитена, слугите се враќале со посветеност, обожување и пријателство. Тоа беше двонасочен улица.

За жал, тие ќе управуваат со прошетката со голема и нежност. Која беше идејата што помина низ главата на Белиња? Тие биле во средината на грмушката уапсени од гадни животни кои можеле да ги повредат. Освен тоа, имаше трња и заострени камења на нивните нозе. Како што секоја ситуација има своја гледна точка, да бидеш таму беше единствената шанса да ги разбереш себеси и желбите, нешто дефицит во животите на посетителите. Наскоро, вредеше авантурата.

Следниот пат ќе застанат. Точно таму, имаше овоштарници. Се упатија кон рајот. Во заблудата на Библијата, тие се чувствувале комплементарно слободни и интегрирани кон природата. Како и децата, тие играат качувајќи се на дрвја, ги земаат плодовите, слегуваат и ги јадат. Тогаш медитираат. Научиле веднаш штом животот ќе биде направен од моменти. Дали се тажни или среќни, добро е да уживаме во нив додека сме живи.

Во потоа инстант, тие земаат освежувачка бања во езерото прикачено. Овој факт предизвикува добри сеќавања од еднаш, за најзабележливите искуства во нивните животи. Колку беше убаво да бидеш дете! Колку тешко беше да пораснеш и да се соочиш со животот на возрасните. Живеј со лажната, лагата и лажниот морал на луѓето.

Продолжуваат понатаму, се приближуваат до судбината. Десно на патеката, веќе можеш да ја видиш простата дупка. Тоа беше светилиштето на најубавите, мистериозни луѓе на планината. Тие беа неверојатни она што докажува дека вредноста на човекот не е во она што го поседува. Благородството на душата е во карактерот, во ставовите на добротворните организации и советувањето. Затоа велат дека следната поговорка, подобро пријател на плоштадот вреди отколку пари што се депонирани во банка.

Неколку чекори напред, застануваат пред влезот на кабината. Дали добиле одговори на нивните внатрешни истраги? Само времето може да одговори на ова и други прашања. Најважното во ова беше што тие беа таму за што и да дојде и си оди.

Земајќи ја улогата на домаќинката, чуварот ја отвора вратата, давајќи им на сите други пристап до внатрешноста на куќата. Тие влегуваат во уникатната залудно кабинка гледајќи се во големата направа. Тие се импресионирани од деликатесот на местото претставено со орнаментиката, предметите, мебелот и климата на мистеријата. Контрадикторни, на тоа место имало повеќе богатства и културна разновидност отколку во многу палати. Значи, можеме да се чувствуваме среќни и комплетни дури и во скромни средини.

Еден по еден, ќе се сместите на слободните локации, освен во кујната на Ренато, подгответе ручек. Првичната клима на срамежливоста е скршена.

"Би сакал да ве познавам подобро, девојки. (Чуварот)

"Ние сме две девојки од Арковерде Сити. Двајцата се сместиле во професијата, но губитниците во љубовта.

Откако бев предаден од мојот стар партнер, бев фрустриран, призна Белина.

"Тогаш одлучивме да им се вратиме на мажите. Направивме пакт да ги намамиме и да ги искористиме како предмет. Никогаш повеќе нема да страдаме. (Amelinha)

"Ќе ги поддржам сите. Ги запознав во толпата и сега дојдоа да не посетат тука, и тоа го принуди негувањето на внатрешноста.

"Интересно. Ова е природна реакција на страдание разочарувања. Сепак, тоа не е најдобриот начин да се следи. Судењето на целиот вид според ставот на човекот е јасна грешка. Секој има своја индивидуалност. Ова твое свето и бесрамно лице може да предизвика повеќе конфликти и задоволство. Од тебе зависи да ја најдеш вистинската поента на оваа приказна. Она што можам да го направам е да подржам како што направи твојот пријател и да станам соучесник во оваа приказна го анализираше светиот дух на планината.

"Ќе дозволам. Сакам да се најдам во светилиштето. (Amelinha)

"И јас го прифаќам твоето пријателство. Кој знаеше дека ќе бидам на фантастична сапунска опера? Митот за пештерата и планината изгледаат така сега. Може ли да посакам желба?(Белина)

"Секако, драга.

"Планинските ентитети можат да ги слушнат барањата на скромните сонувачи како што ми се случи. Имај верба! Го мотивира синот Божји.

"Толку сум наведуван. Но ако кажеш така, ќе се обидам.

Барам успешен заклучок за сите нас. Нека се оствари секој од вас во главните области на животот. (Белина)

"Доделуваме! " Грмот ете длабок глас во средината на собата".

И двете курви направија скок на земја. Во меѓувреме, другите се смееја и плачеа на реакцијата на двете. Тој факт беше повеќе судбинска акција. Какво изненадување! Немаше никој кој можеше да предвиди што се случува на врвот на планината. Откако еден познат Индиец умрел на местото на настанот, сензацијата на реалноста оставила простор за натприродното, мистеријата и необичното.

"Што по ѓаволите беше онаа гром? Се тресам до сега. (Amelinha)

"Слушнав што вели гласот. Ми ја потврди желбата. Сонувам ли? (Белина)

"Чудата се случуваат! Со време, ќе знаеш што значи да го кажеш ова. "Го преувеличи господарот".

"Верувам во планината, а ти мора да веруваш и ти. Преку нејзиното чудо, јас останувам тука убеден и сигурен во своите одлуки. Ако не успееме еднаш, можеме да почнеме од почеток. Секогаш има надеж за живите. "То увери шамакот на видовитост што покажува сигнал на покривот".

"Светло. Што значи тоа? Во солзи, Белина.

"Таа е толку убава, светла и зборувана. (Amelinha)

"Тоа е светлината на нашето вечно пријателство. Иако исчезнува физички, ќе остане недопрена во нашите срца. (Чувар)

"Сите сме светли, иако на истакнати начини. Нашата судбина е среќа- го потврдува видовитост.

Таму доаѓа Ренато и дава предлог.

"Време е да излеземе и да најдеме некои пријатели. Дојде време за забава.

"Со нетрпение го очекувам тоа. (Белина)

"Што чекаме? Време е. (Amelinha)

Квартетот излегува во шумата. Темпото на чекорите е брзо што открива внатрешна вознемиреност на ликовите. Руралната средина на Мимосо придонесе за спектакл на природата. Со какви предизвици ќе се соочиш? Дали жестоките животни би биле опасни? Планинските митови можеле да нападнат во секое време што било доста опасно. Но храброста беше квалитет кој сите го носеа таму. Ништо не би ја сопрело нивната среќа.

Дојде време. Во екипата имаше црнец, Ренато, и русокоса личност. Во пасивниот тим биле Божествени, Белиња и Амелија. Тимот се формирал; Забавата започнува меѓу сивото зелено од селските шуми.

Црнецот излегува со Божествен. Ренато заљубување Амелија и русокосата излегува со Белина. Групниот секс започнува со размена на енергија помеѓу шестмината. Сите беа за сите за еден. Жедта за секс и задоволство беше вообичаена за сите. Варијациите позиции, секој од нас има уникатни сензации. Се обидуваат со аналниот секс, вагиналниот секс, оралниот секс, групниот секс меѓу другите сексуални модалитети. Тоа докажува дека љубовта не е грев. Тоа е трговија со фундаментална енергија за еволуцијата на луѓето. Без чувство на вина, тие брзо разменуваат партнер, кој обезбедува повеќе оргазми. Тоа е мешавина од екстази која ја вклучува групата. Тие поминуваат часови во секс додека не се уморни.

По завршувањето на сите, тие се враќаат на своите првични позиции. Имаше уште многу да се открие на планината.

Крај

www.ingramcontent.com/pod-product-compliance
Lightning Source LLC
LaVergne TN
LVHW021330080526
838202LV00003B/116